梨花禅

汪少炎 著

长江出版传媒 长江文艺出版社

不管你过去做过什么

也不管你未来想做什么

这一刻，请你自由

扎拉图斯特拉一面攀登，一面对自己的内心如是言语，用刚强的小格言自砺：他的心从未受过如此创伤。他向山脊的高处攀登，看啊，他的面前呈现另一大海：他悄然伫立，沉默良久。在这个高处，寒夜澄澈，星光璀璨。

　　　　　　　　　　——尼采《扎拉图斯特拉如是说》

汪少炎

毕业于中国政法大学，一个于山水、诗书与古今之间不倦的行者。

近十几年来，一直在路上。我不但于故乡是游子，于岁月亦是。一边是岁月的流逝，一边是游历山水、读书与做事。眼界因得以开拓，心胸因得以辽阔，情怀因得以展开。一路上观天地山水，见古今人物，自有所思所感。于是将悲欢离合倾注于天地山水、古今人物，赋之于诗词，以回应最初的英雄梦、情意结。所以有《蕴之词》，所以有《梨花禅》。幸甚至哉，歌以咏志。

目 录

往事

梨花禅

往事

情到方浓是险机。

——王阳明

杭州灵隐寺

青梅煮酒

当往事都长成青梅

正好可以煮酒

与天下英雄数尽平凡

而今风云依旧变幻如电闪雷鸣

我早已不会为此惊魂动魄

一双眼睛永远是自由的

看风来雁去，心舒云卷

看斜阳隐居森林

一切本来坦荡，一切本来坦然

群山起伏，群山连绵

丢失的永远不必再去苦苦追寻

得到的永远不必再日夜眷恋

把所有的放不下都放下

看萤火虫飞舞

然后点一盏小小的灯

抹去天下诗人的眼泪

如释重负般宁静

等飞蛾来扑火

起身独自奔向黎明

再也不使用断肠和心碎这样的字眼

就连疲惫也已经疲惫不堪

五千年来

为什么我们爱得如此缺乏天才

拥抱和别离

也都是千篇一律

从不敢胆大地天真

从不能彻底地悲欢

从不深知如何拥有明天

却竟然忍心看雪山融化

却竟然忍心看雪莲花枯萎

请不要在这秉性严寒的地方

洒下滚烫的泪

李 白

他的一生，只仰望苍穹
日月和庐山瀑布
没有人能够打动他的心

他不属于国，也不属于家
不属于权力和财富
不属于爱情
他不属于任何人

因为他，蜀道参透艰难
天山向往沧海
明月爱上举杯

没有翅膀
永远飞翔
感激他的雄鹰，也已经学会了桀骜不驯

玉门柳

一生一世的行走

注定了孤独

并不是，每一次抬头

都会看见，海市蜃楼

到底是，谁的羌笛

吹绿了，玉门关的杨柳

而大漠的风沙

又开始

放声痛哭

梨花禅

乱山残雪夜，孤独异乡人。

——崔涂

苏州寒山寺

梨花禅

一生洁白
一生短暂
一生都是春天

黄昏的钟声

黄昏的钟声响起来

我心已经远走高飞

放眼望去

大地上

所有称为无边的都有边

所有称为艰难的都太容易

所有称为宁静的都太喧嚣

所有称为英雄的都太平庸

所有称为光明的都太黑暗

所有称为新事物的都太腐朽

所有称为无限的都太有限

黄昏的钟声响起来

泪水已经远走高飞

蓦然回首

红尘里所有称为爱情的都太自信

所有称为友谊的都太轻率

所有称为孤独的都还为时过早

所有称为深沉的都太肤浅

所有称为进步的都太落后

所有称为伟大的都太渺小

所有称为高尚的都太卑鄙

所有称为繁华的都太寂寞

黄昏的钟声响起来

凤凰已经远走高飞

大地上的灯光如火光

燃烧着大大小小的渴望

黑夜遮不住凤凰的眼睛

黑夜是一片纯粹的光明

凤凰飞过的地方，没有任何标志

黄昏的钟声已经四散而去

夜幕之上，我心早已远走高飞

北京法源寺

夏天出生的孩子

一百年的建筑

一百年的香樟树

一百年茵茵的守护

这个早晨如此美丽

青草弥漫着太阳的气息

我是一个夏天出生的孩子

心里一直住着一个神话

正如这座大城

一直住着一个完美的小人儿

我变得爱思念

思念到不是思念

而是仰天长啸

呀，夏日正在盛大

炉火正在纯青

蝉的祝福

秋日的午后

有风

藏族歌手唱歌后离开

我坐下

背靠着一棵坚定而修长的白杨树

草地如午夜一般神秘而寂静

柳树又高又瘦

桂花又香又幽

阳光刺眼

人如梦方醒

蝉在高枝上哭

一群一群，一阵一阵

覆盖双眼

一切并不遥远

沙滩上的脚印

很快消失

明天会有人再次走过

脚印永远新鲜

笑声无须保留

水漫过头顶的感觉不是窒息

只见潮起月明

浪花让你联想到什么

是没有尽头的多米诺

倾倒于无穷无尽吗

风无意追求云

海鸥一点也不迷恋帆船

就像天空从未依恋大地

尽管有时候人们会把他们结合在一起

永远如此
一切长流
记得当时正午
阳光温暖
你的黑发覆盖我的双眼

杭州虎跑

梧桐树

两个人

走在清静的老街

旧时代留下的房子

有一种迷人的气质

但不可以贪恋

走下去

偶尔有车来人往

大家仿佛都有心事

都沉沉默默的，都不回头

灯光让夜的内在更加纯粹

风吹起来

无限欢喜，无限清凉

纯棉的衣服加深了夜的感受

有叶子自己落下来

落得不多，落得比别的叶子早
仅有几片
其实不需要很多
只一片，就是秋天了

两个人
一直在不紧不慢地走
有时候，他们会牵手
有时候，他们会分手

街的一边，是梧桐树
街的另一边，还是梧桐树

下雨了

雨 国

一往情深深几许？深山夕照深秋雨。

——纳兰容若

杭州西湖柳浪闻莺

雨　国

　　世间有一片特别的土地，在这片土地上的人们世世代代都把雨作为人生的知己，都相信雨可以解决人生中的一切问题。下雨就是自由，听雨就是幸福，看雨就是温柔。他们自豪地称自己是雨国人，他们愿意世世代代都被雨打，他们永远不崇拜任何人。他们世世代代都唱着同一首歌：

　　这是慈悲的雨

　　这是欢喜的雨

　　这是告别的雨

　　这是重逢的雨

　　这是属于我们的雨

　　这是会下一生一世的雨

　　这是会下生生世世的雨

——题记

1

走在一座古老寺庙外的林阴下

娓娓的，娓娓的

夜风吹来

拂过拱桥的曲线

看水流得不急不缓

如同想起的一些陈年旧事

我还爱你吗

哦，我一直爱着你

你还爱我吗

哦，你已经不再爱我了

那就下场雨吧

2

走在垂柳迢迢的石板路上

一边是修修的杉树林

一边是湖光山色

知了的叫声铿锵有力

源源不断的人在重复一个动作

泛舟，泛入夕阳深处

夕阳那么盛大

忽然忘记一些陈年旧事

我还爱你吗

哦，我已经不再爱你了

你还爱我吗

哦，原来你一直爱着我

那就下场雨吧

3

走在谷底的小路上

凉凉的风，凉凉的溪水

辗转着，辗转着

听见自己的心跳与呼吸

听见秋蝉在诉说

忽然喜从中来

不可断绝

那就下场雨吧

4

在地下通道停下脚步

听吉他手自在地弹唱《蓝莲花》

脚下有硬币和纸币

旧的多新的少

十块一块五十块五块二十块

像一个一个的音符无规则地堆积着

面无表情

吉他手留着长发和络腮胡子

有点像诗人海子

你能唱那首《九月》吗

吉他手摇摇头

我笑了

那就下场雨吧

5

站在高楼的落地窗前

端着一杯茶

看见很多高楼

一个一个的窗子像一件一件衬衫的格子

和很多高楼里的人看见的一样

忙忙碌碌或者晃晃悠悠

滔滔不绝或者沉默不语

滥竽充数或者砥柱中流

踌躇满志或者暗中使坏

有些人粉墨登场

有些人不粉墨也登场

认真不得、马虎不得

太认真了就像撒谎

太马虎了反而真诚

其实粉不粉的没有什么区别

这就是现代人的事业

古代人不知道

未来人不屑于知道

谁知道不可调和怎么调和

那就下场雨吧

6

在山路上行走

无月的夜

天空倍感孤独

大地渴望负重

那就下场雨吧

7

坐在书房里不看书

看着窗外

听着窗外

没有了悲欢离合

也没有了风云际会

胸怀大志或者坚忍不拔

寻寻觅觅或者屡败屡战

即使爱情

也都是多余

那就下场雨吧

8

站在古人留下的墨迹前

无法辨别真假

一横一竖

一撇一捺

一点一画

像个小孩子学说话

千秋万岁

长乐未央

青龙、白虎、朱雀、玄武

还有秦砖汉瓦

飞走了，又飞来了

大雁的孤单

小雁不懂

小雁的钟声

大雁不听

那就下场雨吧

9

一件精美的青花瓷

明代的还是清代的

专家们拿起旧书、古籍、宫廷档案

还有老花镜和显微镜

他们连奏折都敢相信

出具签字盖章的鉴定

我看也不看

只小心翼翼地拿起来

谁知道越小心翼翼越容易破碎

破碎了才发现是最近的作品

让我猜猜大概是 2012 年 4 月 1 日制成

可惜没有保存到 3012 年 4 月 1 日

不然又是稀世珍宝

但也没有关系

那就下场雨吧

10

用破碎的青花瓷片拼一张梵高的脸

但完整的梵高是没有耳朵的

就像贝多芬

失去听力的心如瀑布一般

而黄河是最伟大的交响乐

黄河是交响乐的发源地

我的心跳一直都在黄河的交响乐里

心跳懂得干涸

壶口不懂干涸

那就下场雨吧

11

走过很多地方

走不过的也走了

沙漠雪山，市井小巷

森林高峰，小楼茶舍

庙宇殿堂，草堂池塘

江河湖海，斗室书屋

长篇小说，短篇小说

我和每个人心境是一模一样

都站在大地上

都知道谁也不羡慕谁

都知道谁也不崇拜谁

旧的十八般武艺

新的十八般武艺

全都做了小孩子的玩具

上了战场也不用武器

那就下场雨吧

12

在一株银杏树下

数着落叶，拾着落叶

偶然的偶然

活了一千多年

被发现、被围绕、被祈祷

没有人能证明过去的一千多年真正发生了什么

没有人能证明未来的一千多年将会发生什么

研究和预测有时候都是打发闲愁

其实发生什么都是正常的

包括非正常也是正常的

叶子还在落，我还在拾着

虽然人类还没有进化到爱情和自由

但此刻如神助般美好

那就下场雨吧

13

翻开人类的历史

从猎人和猎物的时代

到人与人的时代

是过于漫长了

漫长得让人们习以为常

直到猎人们得了厌食症

一种比黑死病更可怕的传染病

才想起改行

合上书看看镜子

瞳孔里面充满神秘

一个一个时代走过

一个一个人物走过

所有的故事都没有主角

大秦大汉与希腊罗马

秦始皇与荷马

孔子与释迦牟尼

耶稣与穆罕默德

屈原与但丁

孟姜女与海伦

夸父与阿喀琉斯

等等再等等

那些没有留下名字的人很慷慨

他们把名字都信托给了被称作历史人物的人

他们满不在乎

大人物还是小人物

正面人物还是反面人物

都不是主角

都无关紧要

落日苍茫

尘土飞扬

那就下场雨吧

14

做梦了

梦见自己的死亡

没有具体时间和地点

没有恐惧和痛苦

没有其他人

只有睁着眼的我看着闭着眼的我

只有活着的我看着死去的我

只是看着

呼吸均匀

非常平静

那就下场雨吧

15

看着一岁多的女儿坐在书桌上

把书一本一本地丢到地板上

丢一本她就咯咯地笑几声

丢一本我就呵呵地笑几声

我们咯咯呵呵着外面的云

台风来临

我要谢谢女儿给了爸爸一个新生

我想起母亲，我要谢谢母亲给我一个生命

我要谢天谢地

那就下场雨吧

16

母亲老了

父亲老了

越来越害怕离别

看看他们，抱抱他们

给他们抱抱孙子孙女就好多了

我也不知道说什么好

那就下场雨吧

17

从一个人的感伤想到一千个人的感伤

从一个秋天想到一千个秋天

伟大是模糊的

渺小却很清晰

那就下场雨吧

18

登上了最高峰

大江远来，大江远去

森林在落日中如火如荼

船来船往

船里坐的都是谁

哪艘船里有我

忽然悲从中来

泪水没有，泪水过于虚假

那就下场雨吧

19

有一天人们都不再看书

也没有思想

只有天地山水与歌

人们只有心与情

无论发生什么

人们总是歌唱

那就下场雨吧

20

把名字刻在三生石上祈求爱情不朽

爱情确实不朽

但是我们却一不小心就朽了

草木的芬芳如何被激发

那就下场雨吧

21

与人相遇了

那就下场雨吧

与人相别了

那就下场雨吧

与人冲突了

那就下场雨吧

与人和解了

那就下场雨吧

与人说话了

那就下场雨吧

与人沉默了

那就下场雨吧

拒绝人

那就下场雨吧

被人拒绝

那就下场雨吧

人与人就是这样

人与人一直这样

那就下场雨吧

22

我一手执着梦一手拎着酒

边喝边走

边走边哭

边哭边笑

梦一直沉默

酒一直沉默

爱一直沉默

忽然十万只蝙蝠飞出山洞

那就下场雨吧

23

爱过痛苦也爱过喜悦

爱过死亡也爱过重生

爱过深情也爱过无情

爱过自己也爱过别人

爱过得到也爱过失去

爱过绝望也爱过希望

爱过爱也爱过恨

终于我什么都没有了

终于我什么都不是了

而今而后

那就下场雨吧

24

一群哨鸽盘旋而过

晚霞像一条洒满烛光的长河

心中神秘的圣洁

不知道如何倾诉

不知道如何倾听

时间不等你

没关系

我等你

那就下场雨吧

25

如果

如果

如果

如果

如果

如果

如果

如果

如果

那就下场雨吧

26

走了很远的路

还在继续

我看见一群来自各个时代各个星球的诗人

一起荡秋千

一起手舞足蹈

一起消失于白桦林

那就下场雨吧

27

嗯，就到这里

休息一下

那就下场雨吧

雨季再来

第一场

雨季再来

你抱住我的头

发现了白发

你说我不是太远

就是太近

你走了

我看着窗外

江水滔滔如故

而那座白塔又开始怀旧

第二场

雨季再来

我想起短暂的格拉纳达

吉卜赛人的弗拉明戈吉他

以及忧伤的洛尔迦

唱起深歌

多么美好

斗牛士可以自由地悲伤

在梦中

将一把短剑插入瞬间

第三场

雨季再来

我想起大理

自行车停靠在洱海边

水中的树影

在月光下

像谜一样的眼神

幽黑而且光明

第四场

雨季再来

我想起喀纳斯的银河

那么浅那么深

而马头琴声又是

那么远那么近

我只有仰望

我只有谛听

雪山寂寞　草原辽阔

第五场

雨季再来

梧桐树的林荫路藏着

可以寄存孤独的酒吧

雪茄渴望火苗

威士忌香而且烈

渴望懂得她的唇与舌

婀娜的玻璃杯啊

请答应我不要在今夜破碎

第六场

雨季再来

我只是一个叛逆

集受害人和加害人于一身

集放荡不羁和忠贞不渝于一身

就像《三国演义》和《坛经》

互为空色

就像《红楼梦》与《金瓶梅》

互为倒影

第七场

雨季再来

爱情更加扑朔迷离

更加神秘莫测

像一种永恒无法改正的错

这雨季

这雨季啊

如同我深不可测的情欲

潮湿而闷热

欢笑而哭泣

而且它们只属于夏天

由恐惧和贪婪

酸涩和甜蜜

嫉妒和猜疑

纯真和不渝

以及辗转反侧作为原料

由激情和诗歌

美食美酒和美景

以及厄瓜多尔玫瑰和草莓作为引子

只需要一刹那

我就可以

完整地老去

第八场

雨季再来

一屋子挨得很紧的书各自孤独

《弘一法师全集》打破了沉默

你为什么不读我

第九场

雨季再来

拳击训练室

粉红的绑手缠手带

绑住我的手

缠住我的腕

直拳、勾拳、摆拳

直拳、勾拳、摆拳

快些、快些、再快些

汗如雨下

这样深夜

就不用再流泪了

第十场

雨季再来

让我们重头来过

或许这是最后一次

或许吧

短歌集

对酒当歌，人生几何？
譬如朝露，去日苦多。

——曹操

1

刘邦耍无赖
最后逼霸王别姬
林肯讲故事

2

人生是个病
如临深渊的感觉
我成全了我

3

很多年以前
春田镇上的律师
当上了总统

4

风马牛聚会
山高处流水行云
有人在弹琴

5

尘缘里尘缘
谁人能解我疯魔
红尘外红尘

6

再美一点吧
阳光青草与河流
再爱一次吧

7

我只有仰望

这里银河最清浅

黑夜最深沉

8

新裙还没穿

夏天的最后一瞥

蝉一直在鸣

9

莫非故人来

大雨像一种拥抱

安静而神秘

10

人不再呼唤

回音壁不再回音

雨忽然大作

11

大晴的北方
我独坐窗前想念
大雨的南方

12

古木参着天
深山里传来钟声
到处是茫然

13

夏虫不知冰
扑火是一种快乐
人觉得悲伤

14

你总是说不
我很难过的时候
你开始微笑

15

秋天回来了
我想要一个心事
你能够给吗

16

心里没有人
我常常感到悲伤
心里有个人

17

上海和纽约
距离有什么关系
正午如子夜

18

这就是人生
走的时候不想走
回也回不去

19

冰雪的聪明
在春天的温暖中
融化的无声

20

雨打在雨上
每天要几次凝眸
梦住在梦中

21

两只荆棘鸟
林怀民和周梦蝶
在破晓共鸣

22

一千个秋天
其实并没有回忆
鸣蝉了午夜

旅 人

日月之行，若出其中。
星汉灿烂，若出其里。

——曹操

杭州西湖

白　云

常常飞行

常常在天空和大地之间

常常坐在窗口

常常看着白云

或纵或横，或浓或淡，或动或静

无意间的千姿百态，无意间的柔情万种

有时候

我真想赤足在云上走一走

就像我曾经在大雨中赤足登山一样

温柔呀，你是云的骨头

我知道，只要一个小小的窗口

就可以愈合所有的伤口

走遍大地

一座一座的城
一座一座的矿山

一桶一桶的垃圾
一座一座的垃圾掩埋场

一群群高高的马蜂窝一样的楼
一群群匆匆的蚂蚁一样的人

我走遍大地
找不到，一条可以亲吻的河流

跨海长歌

桥

身躯婀娜，内心坚强

像长城

充满通向远方的渴望

充满通向远方的力量

我想到总是在另一个远方的你

宛如一把小提琴

让大海宁静，让落日宁静

让落日与大海携手陷入深情

我畅行在桥上

余晖似火，冬天在燃烧

风一边远来，一边远去

从来不知道停止

风是力量，风是多情
风是月的精魂

这还是一百年前的日落月升
这再也不是一百年前的日落月升

海之外还有未知的海
我之外还有未知的我
日月之外还有未知的日月

远方从来不是迷茫
我很清楚，远方正是我的方向
无论有多远的路
永远比风先行一步

今夜， 草原下雨了

今夜，草原下雨了
这是铁木真的雨
草原无处可藏
让闪电回归怀抱
让雷鸣回应心声

今夜，草原下雨了
这是李商隐的雨
依然是"君问归期未有期"
依然是"珠箔漂灯独自归"
其实他不知道如何回归
其实他只有雨

雨是一生事业，雨是一生感情
雨是回答，雨是沉默
雨是一首腾格里的牧歌

今夜，草原下雨了
我伸出双臂
是否可以把江南拥抱
我只有竖起耳朵
远远地听你的心跳
你在熟睡中微笑
是否梦见

今夜，草原下雨了

今夜的地安门

今夜的地安门

有什刹海的阵雨

我的心情，是洁白的百合

是沉静的水珠

沉静的洁白是今夜的明月

在滂沱后的清晨照进窗来

好似不速之客

其实我一直在等待，等待她

我生命中的不速之客

不快乐的情人

1

不快乐的情人
一个在西方的海岸线
一个在东方的动物园

2

有一种宁静
暴风雨或许可以企及
如烈日
照耀着比基尼的海岸线
或者
火烈鸟的动物园

3

吻痕与脚印

哪一个更深

哪一个更久

海鸥展翅迎风一掠

便胜却浪花无数

4

生不自由，死不自由

无论作为猎物还是猎手

动物园是动物的坟墓

当狮子老虎都具有了某种人性

我悲哀如一头大象

5

如果大海是火

那么一只蛾有一只蛾的命

如果一个情人是火

那么另一个情人就注定是蛾

扑灭或者被扑灭

一个情人有一个情人的命

6

很久以前有人说

陷入爱情的人一定是不快乐的

快乐的人一定没有陷入爱情

是的

如果没有迷航

你怎么能懂得灯塔的张皇

如果没有漂泊

你怎么懂得波西米亚的忧伤

7

孤独是药

治疗一切的不可救药

8

有一个看不见的黑暗

在心底蔓延

在夜色下惶恐莫名

9

我听见了永恒

幸福的喘息

并无惊喜

却被想要呕吐一切的感觉充满

回头

回头无岸

10

如果远离我

能让你更懂我

那么远走高飞吧

11

不快乐的情人

那么放荡不羁

那么忠贞不渝

12

不快乐的情人

一个眼空无物

一个美如罂粟

午夜的什刹海

午夜的什刹海

有人用二胡乞讨

曲调一点都不重要

一些零钱散落在面前

像人生的诱饵

夜半了，月又要圆了

人们唱快歌，唱慢歌，不唱歌

人们感伤，热烈，歇斯底里，冷静异常

伏特加、威士忌、苦艾、白啤、黑啤

还有太多据说是来自法国或者澳洲的葡萄酒

柳树的姿态最美

要成大材却很不容易

需要很多年

要是被人砍了

就没有机会

夜风非常好

不信你去兜兜

比恋人的热吻更甜蜜、干净、无毒

我下定决心

一个人地老天荒

一个人海誓山盟

我又走过那座小桥

川流不息的人们

满腹灯红酒绿

谁知道，就是这一座小桥曾经渡人无数

这里的悬崖也是温柔的

——致龙达

这里的悬崖也是温柔的

斑驳陆离的石桥

一头连着战争

一头连着爱情

这是，海明威的战争

这是，海明威的爱情

脚下的旷野

起伏上高岭

山花烂漫

风来自橄榄树林

无名的亭中人

唱起歌谣弹起竖琴

她的歌谣没有词句

只有深情

就像，这里的悬崖也是温柔的

而我竟何以解忧啊

唯有长歌、长发、长裙

唯有远古、远方、远人

自由之路

永结无情游，相期邈云汉。

——李白

上海汾阳路

青花泪

每天都会想一个人
每天都想写一封不同的信
但是没有人知道
也没有人收到远方的来信

每天都浪费在车水马龙之中
像太阳下消失的幽灵

有时候夜半醒来
会看见孤独而赤裸的自己
会看见清醒而梦幻的灵魂
会看见青花杯里盛满了泪水

对面的江山
在灯影中复活
枕着月光

继续睡眠

我还是不能确定
梦幻和现实
真的是水火不容

我还是不能确定
是梦还是现实
我左手的矛刺向右手的盾
矛和盾在相互毁灭中相互谅解

落英缤纷的脚下
升起一艘没有底的船
向天际游去
太阳出来了
一切都已确定无疑
我是一株海上行走的向日葵
浑身滴着露水

高兴的傀儡

高兴的傀儡在手舞足蹈
一群人在高兴地观看
观看着手舞足蹈

有一个人走近
走过
一直沉默，一直沉默

高兴的傀儡依旧在手舞足蹈
高兴的灯光将黑夜笼罩
高兴的一群人在观看高兴的傀儡

还有一个人一直拿着木棍
一直在提着绳索
一直沉默，一直沉默

这时候又有一个人
静静地走近
静静地走过

蛊

聚光灯下
你打开那个雕刻精湛的盒子
以为里面充满神秘，充满神奇
却发现
盒子里正在进行一场昆虫大决战
有一只虫子已经吃掉了许多虫子
越来越孤独，越来越接近王位
终于只剩下自己
在盒子里，宣布即位
年号为：蛊

浦东， 浦东

等一部空车。一个人在夜色中，在闪电下，在雨声里。思绪瞬间被夜色唤醒，被闪电击中，被雨声洗涤。于是随手记录下来一篇自言自语，名字叫作：浦东，浦东。

——题记

1

很多人不在意

这地方原来的名字叫川沙

只有村庄和农田

据说杜月笙出生在这里

靠着多谋、坚忍和会做人成了上海滩的大亨

现在这地方的名字叫浦东

高楼林立成了金融中心

很多人飞来飞去

在这里谈着千万过亿的生意

却囊中羞涩又满不在乎

有时候懒得区分什么是投资，什么是投机

成功了讲什么都像是真理

失败了讲真理都觉得心虚

2

好像心里的东西积压太久太多

这一场雷雨

下得很急

路上迅速积水

车子缓缓而动

地铁也出了故障

挤满人

有的在聊天

有的在看手机

有的在走神

有的看上去很焦虑

其实最好的办法是迈开双腿

最好的办法是等待

有伞的打伞

没伞的也可以淋淋雨

想躲雨也有地方

走得快也好

走得慢也好

没有人在乎你是否风度翩翩

3

夜开始深了

抬头看见高高的公寓楼里亮着灯

心里一阵温馨

4

又有了王功权的消息

想当初他公然私奔

尽管年过半百

还是给这个时代一点天真

还有王菲离了婚

要知道这些人

写诗填词谱曲作歌

都是因为爱情

雨还在下

我还在写

车子排成长队又不走了

想想我最爱的雨啊

你今天是不是有些异样

我并不着急回去

书也不着急等我看

茶也不着急等我沏

更不用说工作也不着急等我思考

让我停下来仔细看看人生

好像一切都成了身外之物

5

闪电划破夜空

雨大了起来

真是痛快

有人打伞走过

看了看我

并不代表什么

有人擦肩而过

但大家对回头都没有兴趣

笑一笑都嫌多此一举

风很清凉

我隐隐约约感到大海的微颤

莫非有什么从远方回归

这是真正的灯火阑珊时候

我回了头

看见了人

但肯定不是那人

我笑了

忽然明白辛弃疾和我们开了一个玩笑

他提醒我们最重要的事业是众里寻她千百度

6

这城市和这场雷雨的关系

就像这座城里

一个男人和一个女人的爱情

7

有点雾

车子逐渐畅通起来

又有几个人走过

穿着时尚

手里拿的显然是计算机包

有人干脆赤着脚

这种行为才是艺术

穿鞋有时候确实很虚伪

8

看着自己被雨淋湿的鞋

我得嘲笑一下自己

这样比较容易入睡

终于有空车了

我决定这段自言自语到此为止

时间：2013 年 9 月 13 日　23：51

地点：峨山路近杨高南路

人物：汪少炎

故事：没有

一　生

明天是什么？
明天是一双鞋
有的人穿
有的人不穿

今天是什么？
今天是一杯水
有的人冷
有的人暖

昨天是什么？
昨天是一个情人
有的人爱
有的人恨

这一刻， 请你自由

这里有孩子、老人、父亲母亲
还有恋人、过客、思想者
以及电动的小鱼儿
摆着尾巴唱着歌儿

这里有高楼、雕像、灯光
还有明月、喷泉、音乐、银杏树
以及清凉的风儿
带着桂花不经意的暗香

这是一个城市的广场
这一刻，钢琴与箫合一

不管你过去做过什么
也不管你未来想做什么
这一刻，请你自由

璀璨星空

——译自济慈

璀璨星空，只愿我坚定如你

并非孤独地高悬于黑夜

而像坚忍无眠的隐士

永恒般凝眸守望

海水如教士一样

洗礼人类灵魂的海岸

或者对着初雪皑皑

如面纱轻覆于高山大地

不仅如此——还是坚定如故

枕在爱人醇美的心窝上

感受那温柔，感受那起伏

一生一世清醒于甜蜜的心碎

就这样，一直倾听她温柔不断的呼吸

就这样，或者醉生——或者梦死

夜莺颂

——译自济慈

1

我的心在痛着，苦着麻木着

我的感觉如饮毒浆

又似吸食鸦片

向着地狱的忘川沉沦

并非我嫉妒你的幸运

只是我沉溺于你的幸福

而你，你是那林间参差其羽的精灵

音声婉转韵律反侧

像山毛榉的绿荫，斑驳万类

任由你纵声高歌夏日

2

来，来一杯酒

来一杯冷藏于大地深处多年的老酒

徜徉在万花盛开绿树茵茵的国度

舞起来，笑起来，唱起来，普罗旺斯情歌

来，再来一大杯酒，斟满南国的温暖

纯真如山泉之灵汩汩的鲜红

杯口都是珍珠般的泡沫

唇上也沾满紫色的汁液

从此我只愿长醉不愿醒

从此我和你一起消逝于森林深处的深深

3

远远地消逝吧，模糊的身影，失落的记忆

而浓荫中的你对这一切都浑然不觉

这疲惫，这焦虑，这灼热

这使人相对叹息的世界

有心无力，白发微微

在这里，青春褪色，青春枯萎，青春死去

一想起这些，内心就满是惊惶

浑浊的眼睛里都是绝望

美人不再

爱情朝生夕死

4

飞吧！飞吧！我要飞到你的身旁

无须酒神和他的豹子

诗歌就是自由

即使头脑迟钝

你我也已经执手同行，夜是如此温柔

月神正迈向王座

在她的四周环绕着群星

但是这里没有星月，只有一丝光明如微风抚过

暗暗的浓绿和着苔藓的曲径

5

我看不清脚下的花朵

我闻不出枝头的气息

我在郁郁的黑暗中，只能想象

这样的时节该有怎样的芬芳

会赐予青草，赐予灌木，赐予野果树

赐予白山楂花，赐予田园蔷薇

赐予绿叶丛中易凋谢的紫罗兰

以及五月最受宠爱的孩子

原来是善变的麝香玫瑰，香气在露酒中脱颖而出

当着寂静的夏夜，唯有虫声一片

6

我在黑暗中谛听，一次一次又一次地谛听

我几乎坠入静谧的死亡爱河

诗歌已经用尽语言

我请求她带走我最后的一息

死亡原本如此丰厚

我在午夜告别尘世，无疾而终

当你倾心演绎

当你登峰造极

我再不能倾听

你的安魂曲只有我的坟墓能懂

7

不朽的夜莺，你不是为死亡而生

就是绝食也不能伤害你

我匆匆地路过这夏夜，无意间听到你的歌声

在古老的岁月里，帝王和平民一样听过你的歌声

或许因为这同样的歌声经过

经过伤心的路得，唤起满怀乡愁

就站在他国的麦地上泪落如雨

就是这歌声，在消逝的幻境里推开窗扉

对着汹涌的大海，只见浪花起落

8

消逝吧！消逝如遥远的钟声

将我从你身边带走，让我重返孤独

别了！惑人的歌声

无须故伎重演的小精灵

别了！别了！

你如怨如慕、如泣如诉的歌声终将远逝

穿过草地，穿过潺潺的山溪

穿过山坡；如今已深深沉埋

四围只有空谷空灵

这，是幻是真？

歌声已经远逝：——我，是梦是醒？

图书在版编目（ＣＩＰ）数据

梨花禅/ 汪少炎著. -- 武汉 ：长江文艺出版社，
2017.12
　ISBN 978-7-5702-0086-3

　Ⅰ．①梨… Ⅱ．①汪… Ⅲ．①诗集－中国－当代
Ⅳ．①I227

　　中国版本图书馆 CIP 数据核字(2017)第 300085 号

责任编辑：沉　河　　胡　璇　　　　　责任校对：陈　琪
封面设计：云沐水涵　　　　　　　　　责任印制：邱　莉　　王光兴

出版：　长江出版传媒　　长江文艺出版社

地址：武汉市雄楚大街 268 号　　　　邮编：430070
发行：长江文艺出版社
电话：027—87679360
http://www.cjlap.com
印刷：武汉市首壹印务有限公司

开本：880 毫米×1230 毫米　　　1/32　　印张：3.5　　插页：2 页
版次：2017 年 12 月第 1 版　　　　　2017 年 12 月第 1 次印刷

定价：28.00 元